随想集（四）

稲田をわたる風

三浦安子

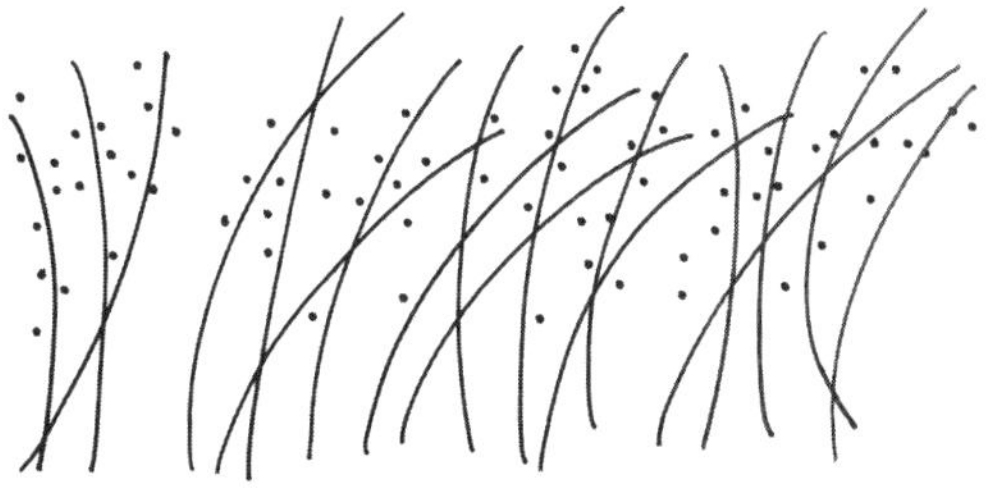

目次

Ⅰ 風に吹かれて

Ⅱ 書読《ふみ》む月日

Ⅲ　この世を超えるもの

Ⅳ　畏れを抱きつつ生きる

装丁　熊谷博人
装画　三浦永光

Ⅰ 風に吹かれて

一、春の想い

二〇一六年四月九日、茨城県在住の妹と共に、富山県高岡市の実家を訪ねた。父母の墓参のためである。これまで高岡へは上越新幹線で越後湯沢駅まで行き、「はくたか」号に乗り換えてほくほく線で行っていたが、昨春北陸新幹線が開通したお蔭で、大宮から乗り換えなしに高岡へ行けるようになった。

東京、そして私の住んでいる埼玉県南部はもう盛りも過ぎた桜が、北陸新幹線の車窓からは、これから咲くもの、五分咲きのものなど、その土地の高度にしたがって変わり、浅い春の景色とすでに春になった景色が何度か入れ替わった。そして高岡では満開の桜が私たちを出迎えてくれた。

八十歳になる長兄の車で墓参をすませると、車は義姉と私たち姉妹をのせたまま西の方角へ走っていき、小矢部川を越えた。隣の市に、新しいアウトレットモールが開店し、覗くと、池袋のデパートを歩いているように感じられた。

また車に乗り、すこし走ると小さな公園があった。その小公園の斜め上の小高い岡は、ぐるりと桜の屏風で囲まれていた。午後四時ごろ、風もないのに、薄紅色の花びらがはらり、はらりと舞い落ちてくる。義姉の肩に、妹の靴のつま先に。

「がんどがわへ行って見るか」と兄。「がんどがわ、って?」「岸を渡る川と書くんだ」

(たしか井上靖の『星と祭』という小説に、渡岸寺というお寺が出てきたはずだ、美しい十一面観音が安置されている、琵琶湖の中の島にあるお寺が……)と思っていると、車は早や「岸渡川」の川岸に沿って走っている。さほど幅の広くない川の両岸から、満開の桜が川面すれすれに枝垂れていて、川面には花びらが浮かんでいる。

(「岸渡」も「渡岸」も等しくあの世へ渡るという意味だろう。実家の近くに、こういう名前の川があり、桜の名所となっていたとはいままで知らなかった——)

翌日、予定の同窓会に出かける妹と別れて、私は六十四年前に転入して二年間通学した中学を一人で訪ねた。セーラー服の女子中学生が二人「こんにちは」と挨拶して私の脇を通りぬけ、また「こんにちは」という声のする方角へ目をやると、今度は紺のトレーナー姿の男子中学生がやはり二人、私に向かって挨拶してくれた。「私、ここの卒業生なのよ」と、少年たちに話しかけ、三人で微笑みあった。

裏庭にまわってみると白茶色の地面のグランドが広がっていた。誰もいない。今日は日曜日だったのだ。中学生の頃ここで野球の練習をしていた同級生は、先年亡くなった。その友人を指導しておられた野球部の顧問の先生も、もうずいぶん前に他界された。

校庭のはずれに、桜が一本、白く咲いていた。

（『真茶』第四九号　二〇一六年四月）

二、稲田をわたる風

二〇一五（平成二七）年も暮れようとする頃、例年通り富山県人社から「お誕生日カード」が届きました。「雪の散居村」（宮城静子作）という初冬の風景画が葉書の中心に置かれています。眺めていますと、しんとした静けさとしっとりとした冷たい空気が頬に感じられてきます。

「故郷の思い出をお寄せ下さい」との文面を読んで思い出された風景があります。同時に一人の中年の女の方の姿も浮かんできました。

それは、今から六十年余り前の初夏のこと。当時、私は高岡市立西部中学の二年生でした。昔祖父が開業していた場所で父が醫院を開業することになり、疎開先の栃木県から家族全員で転居してきて三か月ほど経った頃のことです。

当時、昭和二十年代の後半ごろは、医療保険制度が必ずしも国民全体に行きわたっておらず、自費でかかる患者さんもあり、国民健康保険、また会社、官庁などの健康保険や共済保険に加入している人でも、自己負担金を受診当日に窓口で支払わない患者さんが多かったようです。そういう患者さんのお宅へ毎月の月末に未払い分を頂きに行くのは、私たち兄妹の仕事でした。母が、未払い分の請求書を書き、私たちはそれを持って、月末の早朝集金にでかけました。農家はよほど早朝でないと家が留守になるからです。それぞれ一つか二つの集落を担当させられ、私はHという地区に行かされました。

初夏の朝五時半ごろ、朝靄の中を自転車でHという集落へいきますと、あたり一面は青々とした稲の穂が波打っています。サーッと吹く朝風に若緑色の稲穂が一斉になびくさまは、なんと形容してよいか分からない爽やかさでした。

この集落の大半は農家でしたので、「盆にならないと」と言って請求書を受け取ってくださらない家もあり、半数以上は書き付けを受け取るだけでした。が、一軒だけ、必ず支払ってくださる家がありました。

その家は生垣で囲まれた前庭が掃き清められていて、垣根の内側に赤や黄の花が咲いていました。私が前庭を横切ってその家の玄関口に辿りつく前に、つやつや光る髪をきちんとまとめて、上っ張りともんぺを身につけた四十代後半位の女の方が、家から外へ出てきてくださいました。

その女の方は私に笑顔を見せて、「あんたはん、朝はよからごくろはんなことやねぇぇ。ちょっこ待っとってくだはれぇ」といって私の差し出す請求書を受け取って家の中へ入り、すぐに出てこられました。手にはおつりがいらない金額を持って――。

その家を辞去した私の目の前の田んぼを吹き渡って行く朝風と、その朝風に吹かれて波打つ緑の稲穂の生命力にあふれた様子が、その女の方の姿と共に、六十年余りたった今も、目の前に浮かんできます。

この早朝の集金を何年続けたか、よくは覚えていないのですが、高校一年頃まではHという集落に通っていたと思います。その間中、そのおばさんは常にきちんと身仕度をして、必ずきっちりした金額を支払ってくださいました。前庭は掃き清められ、初夏はアヤメ、盛夏はカンナ、初秋はサルビアが咲いていました。

ああ、なんてすばらしい方だろう、私もこういう暮らし方ができる大人になりたいものだと、毎月H集落へ行くたびに、私はこの思いを新たにしました。

いつでしたか、私が六十歳を過ぎた頃、父が「安子がよくすばらしい方だといって褒めていたあのおばさんは、今も元気でおられるよ」と話してくれたことがありました。その言葉を私は心底嬉しく聞きました。

父が他界して十五年たちます。あの篤実な女の方がまだご存命なら、おそらく百歳を超えておられることでしょう。

私が、心から尊敬してやまない女性のおひとりです。


（『富山県人』二〇一六年四月号）

三、「おりおりそそぐ秋の雨」

1

降るとも見えじ　春の雨
水に輪を描く　波なくば
けぶるとばかり　思はせて
降るとも見えじ　春の雨

なんとしっとりとした歌詞だろう。細かな靄のような柔らかな春の雨――。そしてまたなんと美しいメロディだろう。この曲は――。

二番は「俄《にわ》かに過ぐる夏の雨／物干し竿に白露を／なごりとしばし走らせて／俄かに過ぐる夏の雨」となっている。「物干し竿」という具体的な名詞によって、さっと降りさっと上がる夕立と、竿を伝って光る露が目に見えるようだ。

　そして秋の雨は「おりおりそそぐ」という。「木の葉木の実を野に山に／色様々に染めなして／おりおりそそぐ秋の雨」。これが三番である。中里恒子の『時雨の記』の世界だ。

　最後は「聞くだに寒き冬の雨」となる。「窓の小笹にさやさやと／更け行く夜半をおとづれて／聞くだに寒き冬の雨」で終わる。良寛の庵を思う。

　この歌は、一九一四（大正三）年の尋常小学校の教科書に載っている「四季の雨」で、作詞者・作曲者は不詳。大正三年と言えば今から百三年前になる。

2

　二年ほど前から近所の方に誘われて、近くの小学校の空き教室での「歌声サロン」に通っている。月二回、土曜の午前二時間、アコーディオン、ピアノ、ハーモニカの伴奏で、文部省唱歌や童謡、抒情歌を次々歌う。参加者は六十代から八十代の男女四、五十名。

八月は夏休みだったので、昨日は休み明けの第一回とて、大盛況。久しぶりの再会で、みなよく喋り、大声で歌う。

昨日、たまたま「四季の雨」を歌い、言葉の優美さに感嘆した。「けぶるような」春雨。「俄かにすぎる」夏の雨。「おりおりそそぐ」秋の雨——。

現代ではこんな静かな言葉の歌に出会えないなあ、と思った瞬間、ハッとした。

3

そうだ、現代では、もう雨そのものが変化してしまったのだ。雨は季節を問わず、降り出したら「観測史上初めての豪雨」になり、「土砂崩れ」によって家は倒壊し、死傷者が多数出る。春だろうが、夏だろうが、「未曾有の大雨」となり、田畑は冠水、家屋は床上浸水になってしまう。

これはみな地球の温暖化の影響だという。そして温暖化はCO_2の過剰排出によるものという。CO_2の排出量は、化石燃料（天然ガス、石炭、石油）の消費量に比例する。これを削減しないかぎり、「柔らかな雨」は降ってくれない。

4

そうだ。柔らかな「言葉」が無くなったのではなくて、「雨」そのものの降り方が変わったのだ。凶暴なものに……。

そう思いながら歌っていると、なおさら、この柔らかな雨の世界が慕わしくなる。もう一度、けぶるような春雨に出逢いたい。俄かに過ぎる夕立に会いたい。そして、色とりどりの木の葉木の実に降り注ぐ時雨の風情を味わってみたい――。そのためには何をしたらいいのか。エネルギー消費を減らすこと。そう、質素に暮らすことだ。

パソコンでユーチューブを開けると、児童合唱団や大人の合唱団、ソリストたちの歌う「四季の雨」が次々と響いてくる、「おりおりそそぐ秋の雨」と。

（『真茶』第五三号　二〇一七年九月）

四、「冬の星座」

二〇〇五年の夏、恩師が亡くなられた。学生時代から四十八年間、聖書の読み方を指導して頂いた、人生の師ともいうべき方だった。

九月下旬にこの先生を「お送りする会」が開かれ、教え子が多数集まって、清貧の一生を送られた先生の、真実で暖かなお人柄を偲んだ。

最後の献花の時、ご長男が静かに讃美歌のメロディを弾かれたが、その後、「父母がよく歌っていた歌を弾かせて頂きます」と言って弾きはじめられた曲が「冬の星座」だった。

私の家族はこの四十年あまり、先生ご一家と家族同様のお付き合いを許されてきたのだが、先生と、七年前に亡くなられた奥様とがこの歌をお好きだったとは、今まで知らなかった。

木枯らしとだえてさゆる空より、
地上に降りしく奇しき光よ、
ものみな憩えるしじまの中に、
きらめき揺れつつ星座はめぐる。

（堀内敬三作詞　ヘイズ作曲　文部省唱歌）

心の中で歌詞をたどりながら、私は真っ暗な夜空に輝いていた星の光を思い出していた。

それは小学三年生の冬、疎開先の町で見た夜空だった。

敗戦後間もなくのこととて街灯もなく、真っ暗闇の中、その町の小学二年生から六年生までの子供は、冬休みの夜七時半から二十分間ほど、男女別々の班にわかれて、町内の夜回りをする決まりだった。一年生は寒くてかわいそうだから、と免除されていた。

黒髪の山幸の湖《うみ》
秀麗無比の毛の国の
安危を己が双肩に
担いて立てる消防手

という、日光消防組の歌を歌い、上級生が打つ拍子木の「カチカチ」という音に合わせて、「ひのよーじん」と大声で叫んで、私たちは自分の家の周りの細道を練り歩いた。

その時上級生が、北西の中天にアルファベットのHの形をしてひときわ強く光る星のまとまりを指さして、「あれがオリオン座っていうんだよ」と教えてくれた。これが初めて知った星座の名前だった。

六十年前、厳冬の夜空に輝いていたオリオン。五十年近く「神の真実」を教えてくださった先生。子供の頃から好きだった「冬の星座」の歌が、これほど清らかに、これほど荘厳な音楽として聞こえてきたのは初めてのことだった。

（『真茶』第二六号　二〇〇六年一月）

II

書読《ふみ》む月日

一、高岡古城公園の中の市立図書館

1

毎年暮れになると富山県人社から「お誕生日カード」が届き、「故郷の思い出を」とお誘いを受けます。今年思い出されたのは、高岡古城公園内にあった市立図書館の匂いでした。

今次大戦の敗戦後、私の家族は北関東の疎開地から父の郷里の富山県高岡市へ移住しました。私が中学二年の春のことです。大雪と言葉に不慣れだった中学時代を終えて高校に進んだ頃から、私は徐々に明るくなりました。

一番ワクワクしたのは、放課後部活を終えて隣接する工芸高校の前を通り（当時高岡高校は高岡工芸高校の東隣にありました）、古城公園へ向かう時でした。現在は末広町のウイング・ウイングの中に移転しましたが、当時は公園の中にあった市立図書館をめざして、春は桜、夏は緑の樹陰を自転車で通りぬける心地よさ。しかしなんといっても懐しいのは、晩秋の午後の図書館の佇まいです。

ドアを押して図書室に入ると其の途端にただよってくるのは、ほんの少し埃っぽい古い蔵書の匂いです。窓越しの柔らかな午後の陽光に照らされた本たちが、一斉に「私を読んで」と呼びかけてくる瞬間、本との出会いの瞬間の胸の高鳴りは、いまも鮮やかに思い出されます。

2

ドイツのロマン派の詩人に、アイヒェンドルフ（一七八八―一八五七）という人がいます。シュレージエン地方（現在はポーランド領）のオーデル川沿いの古城で生まれた貴族出身の詩人には、「別れ（Abschied）」という作品があります。彼が二十二歳のとき、司法試験を受けるためにウイーンへと旅立つ時に歌った詩です。この詩は「おお、広い谷よ、丘よ、／おお、美しい緑の森よ、／おまえ、私の悦びと嘆きの／思いがとどまっている大切な場所よ！」（三浦訳）という、故郷の森への呼びかけで始まっています。この「思いがとどまっている大切な場所」と訳出した部分を直訳すると「私の悦びと嘆きの思いが、敬虔な気持ちで滞在している場所」となります。アイヒェンドルフ研究家の石丸静雄氏の訳は「思い出の地域よ！」となっていますが、私は「大切な場所」と訳しました。もう一歩進めて「聖地よ」と訳してもいいかもしれません。

人には必ず「自分にとっての聖地」ともいうべき場所があると思われます。それは子供の頃遊んだ神社の境内であったり、小学校の裏庭の片隅の防空壕の跡地だったり、自分の家の土蔵とか倉庫だったりと、人それぞれだと思いますが、「聖地」とは嬉しいにつけ悲しいにつけ、そこへ身を置くと「我に帰れる」場所、「本当の自分」を取り戻せる所です。「隠れ家《かくが》」と言ってもいいでしょう。私にとってはそれが、「高岡古城公園の中の市立図書館」でした。

3

高校一年の頃はもっぱら外国文学の翻訳書の棚を眺めて、毎日一冊ずつ借り出して読みました。ジイドの『狭き門』や『田園交響曲』、カミュの『異邦人』、へッセの『春の嵐』から受けた衝撃は今も忘れられません。『春の嵐』は高橋健二訳で読みましたが、あれから五十二年後にこの作品を自分自身で翻訳出版することになるとは高校時代には思ってもみませんでした（『ヘルマン・ヘッセ全集第7巻』臨川書店　二〇〇六年）。

しかし、今日までの私の歩みに最も大きな影響を与えてくれた作品は、高校二年の時この図書館から借りて読んだロジェ・マルタン・デュ・ガールの『チボー家の人々』でした。

終始一貫平和を希求するこの長編小説は、第一次世界大戦の終結（一九一八年）をもって終わるのですが、今年は第一次世界大戦終結からちょうど百年目にあたります。私がこの本を読了したのは一九五五年で、第一次大戦後三十七年経った頃でした。あれから六十三年もの歳月が流れたのに、私たちはいまだに戦争の不安、しかも核戦争の不安から解放されていない現状を思うと、次世代の方々に申し訳ない気持ちで一杯になります。

4

一九五〇年代ごろは、本の裏表紙に、「帯出者氏名」という紙が貼ってあり、そこにその本を借り出した人の氏名が明記されていました。この帯出者氏名欄を見て、「ああ、この上級生もこの本を読まれたのだなあ」と思い、「私も頑張って読み進めよう」と何度励まされたことでしょう。

現在では「バーコード」によって個人名は伏せられたまま帯出と返却の作業がなされますが、「帯出者氏名」によってひそかに励まされた経験は、私にとって一生の宝となっています。

（『富山県人』二〇一八年三月号）

二、鶴ヶ谷真一『月光に書を読む』を読んで

1

定年退職後満九年経ちます。この九年は私の七十代の九割に当たります。前半はボランティア活動と本の出版、後半は家事と医者通いで過ぎました。六十代に発症した関節リウマチは定年後痛みが減り、主治医から「寛解」と言われ、感謝していました。が、近年膝や上腕が痛くなり、一日の殆んどは家の中で過ごしています。今は「家事、ときどき読書」、という日常です。

最近読んで心に残った本は、鶴ヶ谷真一『月光に書を読む』（平凡社　二〇〇八年）です。著者は一九四六年生まれの編集者だった人。大変な読書家で、本書には中国の古典からゲーテの『詩と真実』、さらには江戸時代の漢詩人などが次々と引用されていて、その博学多識に驚かされます。しかもそれをひけらかすのではなく、書籍とその内容への共感に裏打ちされた情緒豊かな文章で読む者を潤し

てくれるのです。この著者が日本エッセイスト・クラブ賞を受賞したのもうなずけます。

2

本書の前半の「月光に書を読む」というエッセイ集は、十篇の短い読書随想から成っています。その第一番目の「月光と灯火」に、今から千五百年前の中国の史書『南斉書』に登場する江泌《こうひつ》という貧しい青年のことが書かれています。彼は昼間木靴を作り、夜、本を読んだのですが、灯もないので「月が出るのを待って屋根にのぼり、月の光で書を読んだ」のです。

この江泌青年のことは『故事熟語大辞典』（池田四郎次郎編　大正二年刊行）の「月光読書」と「随月読書」の項に載っているそうです。鶴ヶ谷は次のように述べています。

「閴寂《げきせき》（＝静かで寂しい）たる深夜、耿々と輝く月の光を浴びて、ひとり書に読みふける有為の青年は、読書の情熱がじつは無償の喜びにも似ていることに、はたして気づいただろうか」と。

江泌の故事に続いて、江戸後期の漢詩人菅茶山《かんちゃざん》の「冬夜読書」という詩が引用されます。

「雪は山堂を擁して樹影深し。檐鈴《えんれい》動かず夜沈沈。閑かに乱帙《らんちつ》を収めて疑義を思う。一穂《いっすい》の青灯万古の心。」

山家は雪に埋もれ、木々は影に沈む。軒の風鈴は動かず、夜はしんしんと更けわたる。取り散らかした書物を静かに片づけて、なお疑問の点を考えながら、穂のかたちに燃える青い灯をみていると、よろず世の遠い古人の心が思われる。（一六頁）

雪が降ってしーんと静まり返った夜更けに、蠟燭の灯のもとでひとり読書している江戸時代の漢詩人の姿がくっきりと浮びあがってきます。

3

この書物の後半は「読書人柴田宵曲」という伝記です。明治三十年に生まれ昭和四十一年に没した俳人で編集者でもあった柴田は、「ただ書が読みたくて書を読んだ人だった」（二二五頁）そうです。この言葉は、この本の著者、鶴ヶ谷真一氏自身にも当てはまると思いました。

読書は人間の精神を高め、昼間の仕事や人間関係で乱れがちな心を鎮めてくれる宗教に近いものであると、著者はのべていますが、茶道の稽古にも似ていると思われます。

読書とはなにか、読書人とはどういう人かを教えてくれる馥郁たる書物です。

（『真茶』第五四号　二〇一八年四月）

三、今年の夏は

——寺島実郎『ジェロントロジー宣言』を読んで

いま二〇一八年九月十日です。『真茶』第五五号の原稿のご依頼を頂いたのは四日でした。その晩「今夏の暮らし」の原稿を書き終えてテレビをつけますと、台風二十一号による被害、そして「関空孤立」のニュースです。堺市や大阪周辺の友人を案じつつ遅く寝た翌朝（六日）、北海道で大地震が発生。札幌の友人への問安のメールには二日後に無事との返信があり、本日、停電と断水が道内全域でほぼ終わった様子。でも節電が呼びかけられています。七年半前の東日本大震災後の計画停電の日々を思い出します。関西でも北海道でも多くの方が亡くなられ、お悔やみの気持ちで一杯です。

天災が相次ぐ時に「老人の暮らし」の原稿などお送りしていいものかと迷いましたが、やはりお送りすることにしました。

（以上　まえがき）

1

今年の夏はなんという厳しい暑さだったことでしょう。

七月から八月にかけて、埼玉県南部のわが家の二階は連日三十五度以上を記録しました。

この炎暑の日々何をしていたかと思いめぐらすと――、

今年は無花果がよく実をつけました。上の方の実はカラスとヒヨドリが先取り。そのおこぼれを砂糖煮にしました。初回は砂糖だけで、次回は蜂蜜も加え、最後はウィスキーで香りもつけてみました。

2

娘と一緒に、「玉淀水天宮祭大花火」を見にいきました。

東武東上線の終点の寄居駅の一つ手前に、「玉淀《たまよど》」という美しい名前の駅があります。下り電車がその駅に着く直前に窓から見える荒川の景色は本当に美しく、電車が鉄橋を渡る時、私はいつも座席から立ち上がって川面を眺め降ろさずにはいられませんでした。

その「玉淀」駅から河畔へ続く道路の端に敷物を敷いて、地元の家族連れや観光客と共に大きな花火を見ました。

「ドーン、ドーン、パラパラパラパラ」と、多彩な花火は次々と私たちをめがけて落ちてくるようでした。

3

借りている市民農園で胡瓜がよくとれました。薄く小口切りにして千切りの青ジソと合わせ、柚子ポンを数滴たらします。朝も昼も夜も食べましたが少しも飽きが来ません。胡瓜と青ジソとポン酢、とてもよく合います。

4

寺島実郎著『ジェロントロジー宣言』(NHK出版新書　二〇一八年八月十日刊)と

いう本を読みました。「老年学宣言」とは何？と思って開きますと――。

　戦後生まれの「団塊の世代」も今や定年。コンクリートの団地で独居老人への道を歩みはじめている。この世代は、遺伝子工学とAIの研究が進み、百歳まで生きられることになった。が、定年後四十年もの年月を人間らしく豊かに生きていくことは至難の業だ。どうしたらこの長い年月を、経済的にも精神的にも健全に暮らしていくことができるか。それには「新しく学び直す」必要がある、と著者は言います。学びの第一は「和漢洋の教養」と「日本の近現代史」。「漢（＝中国の古典）」の素養と日本近現代史の知識が戦後の学校教育に欠けていたから、とのこと。第二は「利他心」。囲碁や将棋ではロボットに負けるかもしれないが、人間の本質はこの「利他心」にある。しかも「慈悲の心」が自己の魂の安らぎをももたらす、と書いてありました。第三は「これからは老人も社会に貢献する必要があり、NGOまたはNPOの何か一つに参加するとよい」。特に「農と食」の問題を考えるグループに参加して、学びかつ実践活動をすること。この三つの学びが、「定年後四十年」時代を人間らしく生きていく支えとなる、とのことでした。

外出に杖が欠かせない私も、読んでいるうちに何だか元気が出てきて、「目を覚ませ。働け」と活を入れられたような気持ちになりました。


（『真茶』第五五号　二〇一八年九月）

四、「家居《いえい》」の一年間——コロナ・手仕事・読書

1

今日は二〇二一（令和三）年一月二十八日です。「コロナ」という文字が私の日記帳に出現して一年経ちました。

現役の皆様はいま学年末で、「オンライン」、「リモート」システムの中で、新

しいライフ&ワーク・スタイルに慣れる努力を続けておられることでしょう。そのご苦労を、密かに拝察しております。

八十代の私は「stay home」と掛け声をかけられなくても「家居」が常態の老人ですから、この一年間もライフスタイルの変化はあまりありませんでした。とはいえ、昨年の二月二十七日に「公立小・中・高校の休業のお願い」が出された時は、大変驚きました。ついで、「二〇二〇東京オリンピックの一年延期」が決まり、四月七日に最初の「緊急事態宣言」が発出されました。

2

その頃から、私はガーゼのマスクを手縫いで作りはじめました。ある日、茶道師範の友人から、小豆色の江戸小紋の端切れで縫ったマスクが送られてきてびっくり。「マスクは白」と思っていた私は、「マスクでおしゃれができるのだ」と気づきました。

五月二十六日に「宣言」は一度解除され、持病の薬を頂きに東京の病院へいくことができてほっとしましたが、夏が過ぎてまた感染者が増えはじめ、今「コロナ第三波」の真最中。二度目の「緊急事態宣言」発出中です。ただ各国でワクチンの開発が進み、このパンデミックの終息の希望が見えはじめました。

3

売り切れていたマスクも店頭に並ぶようになり、手縫いのマスクの数も十分になったあとは編み物です。子供の頃母に教わった編み物は、その後七十年余り私の密かな手すさびでした。

はじめは弟妹の襟巻、帽子。中学時代には自分のベスト。結婚後は子供のセーターやレギンスと、実用一点張りでしたが、五十を過ぎた頃から、クッションカバーやひざ掛けなど配色を楽しむようになりました。黙って編み針を動かしていると、心が静まっていく——。その心地よさは何とも言えません。

このたびのコロナ禍の一年間は、身辺に心配ごとがいくつかありましたが、編み物のおかげで心静かに過ごすことができました。

4

この一年間に読んで心に残った本のひとつは、小堀鷗一郎『死を生きた人々』（みすず書房）でした。森鷗外の娘である小堀杏奴さんの息子さん（つまり森鷗外のお孫さん）で、はじめ外科医、現在は在宅医療に励んでおられるお医者さまが記録された「いま、死にゆく人々の心と身体」のルポルタージュです。この本に引用されているフランスの外科医アンブロワーズ・パレ（一五一〇—九〇）の言葉、「時に癒し、しばしば苦痛を和らげ、常に慰める」（七四頁）は、お医者さまの自戒の言葉ですが、医者でない私たちも心すべき言葉だと思いました。この本を読んで、一人ひとり異なる「死への過程」を知り、「死」への恐れが少し軽減されたような気がします。

「家居」の日々には何か楽しみが必要だと思って、昨年の四月ごろから井上靖全集を再読しました。その第二巻に収録されている「澄賢房覚書」にこんな一節があり、深く共感しました。

人間というものは年を取ると人の心というものより、何故か一木一草に心惹かれるようである。

（井上靖全集第二巻　四八四頁）

（『真茶』第五八号　二〇二一年三月）

五、富士川義之著『ある文人学者の肖像——評伝　富士川英郎』出版記念会祝辞

ただいまご紹介頂きました三浦安子でございます。

富士川義之先生。

このたびは大変立派なご著書を完成なさいまして、まことにおめでとうぞんじます。お父上様、すなわちわたくしたちの恩師、富士川英郎先生のお姿を、このようにくっきりと、総合的にお書きくださいまして、まことに有難うぞんじました。

私は、今から五十三年前の一九六一年に比較文学比較文化の修士課程に進学いたしました。この年は第一代の主任教授であられた島田謹二先生がご定年になられて、富士川先生が二代目の主任教授になられた年でした。ところが教養学科のドイツ分科でキルケゴールを卒論のテーマとした私は、当時自分の研究分野（哲学か文学か）をさだめかねており、その上進学直後の健康診断で肺結核に罹患していることが分かりまして、療養生活にはいりました。三年後、病気が治ると同時に西ドイツ政府の奨学金を頂いてハンブルクに留学いたしました。そのため、富士川先生に直接お教えいただきましたのは、留学から帰国した一九六七年四月からでした。富士川先生はその二年後にご定年になられましたので、私がじかにお教えを受けましたのは二年間のみでした。

しかしこの二年間は、私のこれまでの人生において、最も充実した、愉しい「学びの日々」でした。リルケの『マルテの手記』の演習に参加し、萩原朔太郎についての講義を伺いました。この二年間は、病気と留学で延び延びになっていた修士論文の提出、博士課程への進学という節目の時期で、苦しい時期でもあったのですが、富士川先生の演習の日に、シュタードラーやトラークル、ハイムなどのドイツの初期表現主義抒情詩人たちの詩の不明な箇所を質問させていただき、個々の単語の意味が分かってまいり、その詩が描く状況が眼前に展開してまいります時の悦びはたとえようもないものでした。

このように、英郎先生から直接お教えいただいた期間は長くはないのですが、その後、勤めておりました東洋大学の「文学」の講義の準備のために、リルケの評伝や、訳詩集を毎日のように参照させていただきましたし、定年後の今日も、先生のご著書を読みつづけておりますので、この五十年あまりずっと教えを受けつづけていることになります。

このたび義之先生のご著書を拝読いたしまして、大変多くの感想が湧き出てまいりました。時間の関係で、そのうちの三点についておはなし申しあげます。

その一点目は、英郎先生は「歩く大正人」であり、「根っからのハイカラな大正人」（三六頁）であった、という箇所と、「無頼の父」（四三二頁）という表現についてです。「ハイカラな大正人」とは、英郎先生を表現するのになんとぴったりの形容でしょう、と感心いたしましたが、「無頼な」とは、「どうして？」と、はじめびっくりいたしました。

しかし、この「無頼」とは、「その内部にびくともしない強靭な精神を常に宿していた」（四三二頁）ことを意味する、と書かれております。この「内部にはびくともしない強靭な精神を宿していらっしゃる」ということは、私自身、この五十年間、富士川英郎先生からお教えいただいた最大の事柄でした。

第二点は、第一点とも通底するのですが、三一八頁から三二一頁に亘る「学者の覚悟」の部分です。本書の三二〇頁に引用されております「古方家と蘭学」の一節、「事物の観察を先にし、それに基づいて立言すれば、平凡な人間も真理を語ることが出来る」は、山脇東洋の実証精神について述べられた文章で、これこそ「学者の覚悟」であると英郎先生は言っておられます。

この部分についての義之先生のご文章は、お祖父上様の游先生、そしてお父様の英郎先生にたいする尊敬の念にあふれた見事なご文章です。そして、このあたりで、義之先生ご自身の、学者の家にお生まれになった複雑なお気持ちも完全に止揚（aufheben）されていることが感じられ、読んでおりまして、私まで幸福な気持ちになりました。

第一と第二は深く共感させられた点ですが、第三点目はこのご本によって目を開かれた点です。それは、富士川先生が「和、洋」両方の学識のみならず、「和、洋、漢」の三つの教養を身に着けておられたことのご指摘です。幼い頃から自然に培われたその膨大なご素養が、晩年にあのように多くの実りとなった、という点です。晩年に次々と出版されたご著作は、漢文の素養なしには書き得ぬものであり、その学殖の豊かさに、これまでも感嘆しておりましたが、この、義之先生のご著書を読みまして、ただただ、圧倒される思いがいたしました。

三八七頁に、「批評的関心が欠落している」とのご指摘がありますが、この「批評的関心の欠如」ということは、学問をする者にとって一見欠点であるか見えますが、富士川英郎先生は軽々に批評に走らず、「読む対象に密着して、それを深く理解し、味わい、時代を超えていつまでも残る価値ある作品を、私たち後進の者に、指し示してくださったのだ」と私は認識しております。

昨年の暮れに、私は後期高齢者のお仲間入りをいたしました。

この十年あまり、関節リウマチその他いくつかの故障を抱えておりますが、これからも富士川英郎先生のご著述を読み続け、細ぼそとながらも勉強を続けてまいりたいと思っております。そのためのよりどころとなります、最も信頼できるご本、すなわち、この度のご本、富士川英郎先生がお過ごしになられた時代背景と、英郎先生のお人柄についての緻密な「肖像画」を完成してくださいました義之先生に、心から感謝申し上げ、祝辞とさせていただきます。

（二〇一四年七月六日　於　私学会館）

Ⅲ　この世を超えるもの

一、聖書と共に――その学びは日常生活のなかで

1

このたび「聖書と共に」というテーマを与えられ、深く感謝しております。私は小学五年の時聖書を知り、今日まで聖書を読み続けてきました。「聖書と共に六十七年」生きてきたことになります。今このことに思い至り、感謝と畏れの念で一杯です。

アジア・太平洋戦争の戦局が日本に不利となっていた一九四四年に、軍医として南方に赴任していた父を除いた私の家族は、東京から栃木県北部の町に縁故疎開しました。翌一九四五年の春、私は国民学校（現在の小学校）に入学。その夏、敗戦を告げる玉音放送を聴きました。私の家族は諸事情で敗戦後も七年間疎開地に留まっていました。小学五年の時、私はその町のキリスト教会の日曜学校に通いはじめましたが、初めて暗誦させられた聖句は「斯く我ら信仰によりて義とせ

られたれば、我らの主イエス・キリストに頼り、神に對して平和を得たり」（ロマ書五章一節）でした（当時は文語訳聖書しかありませんでした）。牧師さんが「これを来週までに暗記して来なさい。皆さんにはまだ難しいかも知れませんが、いつか、この聖句によって助けられる日がきっと来ると思います」とおっしゃったことが忘れられません。

2

私が中学二年の春、私の家族は父の郷里へ移住しました。激戦地ブーゲンビル島から復員した父が、郷里で醫院を開業することになったからです。私たちは疎開先から東京に戻らず、雪深い北陸へ転居したのですが、転校生だった私の孤独を慰めてくれたのは聖書でした。その頃、私を支えてくれた聖句は「愛は寛容にして慈悲あり」（コリント前書十三章四節）と「汝らの仇を愛し、汝らを責むる者のために祈れ」（マタイ五章四四節）でした。「処女懐胎」と「復活」が信じられなかった私は、教会には通わず、ただ聖書を一人で読み続けていました。

大学に入り、当時東京大学教養学部の厚生課長でいらっしゃった西村秀夫先生と、大学二年の春から入寮した女子寮の管理人である藤井偕子さんのお導きで、教養学部内の柏蔭舎聖書研究会に参加しました。この研究会は教養学部勤務の教職員と教養課程在籍の学生との合同の聖書研究会でした。ここで、私は初めて心から納得のいく聖書の読み方を学ぶことになりました。

この研究会で学んだことは、「聖書は日常生活の中で学ぶものである。職業人は職業生活の中で、学生は学生生活の中で、日々、聖書の真実さを実感することによって学ぶのである」ということでした。「ある一つの聖句の真実さを実感したら、また新しい聖句を学び、その真実さを日々の生活の中で実感する。これを繰り返すうちに、聖書の真理が分かってくる」と教えられました。これを一言で言い表せば、「聖書は『体読』するもの」（大塚久雄「信仰と社会科学のあいだを」『信仰と生活の中から』東京大学出版会　一九五八年。一二八―一二九頁参照）ということになると思います。

本誌の末尾には、『季刊無教会』の「編集方針」が掲げられていますが、これは西村秀夫先生の「創刊の辞」から抜粋されたものとのことです。一部を引用します。

真の神を信じ、イエス・キリストにのみしたがって生きる信仰。その闘いは私たちの日常生活にある。その闘いの事実について報告し、討論し、社会的に発言するところにこの『季刊無教会』の使命がある。

この「編集方針」を初めて読んだ時、「ああ、これこそ柏蔭舎で学んだ『聖書の読み方』だ」と思いました。

3

一九六〇年六月十五日。この日は安保条約改定反対闘争のさなかで、樺美智子さんが国会議事堂南通用門付近で亡くなられた日です。あれから五十六年たちます。この「六〇年安保闘争」の時期に、柏蔭舎聖書研究会でなされた議論と祈りは、樺さんの死と共に一生忘れられないものとなりました。国が誤った道を歩もうとしている時、それを批判しそれに抵抗するには何をしたらよいのか――。この「六〇年安保」の渦中で、苦悩し、学んだ聖書の言葉が、あれから五十六年間私の生き方の基本的指針となりました。当時私たち会員の多くが柏蔭舎聖研で最もよく暗誦した聖句は、「また不法がはびこるので、多くの人の愛が冷えるであろう。しかし最後まで耐え忍ぶ者は救われる」（マタイ二四章一二―一三節、口語訳）と、「なんぢら立《たち》かへりて靜《しづか》にせば救《すくひ》をえ平穏《おだやか》にして依頼《よりたの》まば力をうべしと」（イザヤ書三十章十五節、文語訳）でした。もしあの時代に柏蔭舎聖書研究会に所属していなかったら、おそらく私は当時の激しい思想の嵐を乗りきれなかったのではないかと思います。同級生のなかには、退学者、行方不明者も出ました。

この二つの聖句は、今日に至るまで私の人生の同伴者であり続けてくれました。育児と職業の両立に悩んだ時、学童保育設立運動の頃、そして身内の年寄りの介護が続いた時期にも、私を支えてくれました。とりわけ忘れられないのは、二〇一一年三月十一日に起こった東日本大震災の折に、たまたま他県の友人宅を訪ねているときに地震が発生し、家族との連絡もとれないまま友人宅で一夜を明かした時、私の胸中にこの二つの聖句が交互に鳴り響いたことでした。そのおかげで、パニック状態に陥らずに、翌日無事に帰宅することができました。

4

現在、「志木聖書を読む会」で小預言書と福音書を交互に学んでいます。最近「剣を打ち直して鋤とし、槍を打ち直して鎌とする」（ミカ書四章三節）を読み、この聖句が深く心に刻まれました。この聖句を、これからの残り少ない日々の生活の指針としたいと思っています。

「後期高齢者」である私たち夫婦の任務は、わずかながらも今次大戦の実態を記憶している最後の世代の人間として、非戦と恒久平和を誓った現憲法を守り続けること、原発の廃炉と核兵器の廃絶を祈り続けることだと思っています。そのためにできる小さな闘いは、農産物等の地産地消を心がけ、質素に暮らすことだと思います。

（『季刊無教会』第四六号　二〇一六年八月）

二、新作能『鎮魂――アウシュヴィッツ・フクシマの能』を観て

1

昨（二〇一六）年の十一月中旬、国立能楽堂（東京・千駄ヶ谷）で新作能『鎮魂』を観た。ヤドヴィカ・M・ロドヴィッチ＝チェホフスカ前駐日ポーランド大使の創作で、演出は笠井賢一、観世銕之丞がシテを務めた。『鎮魂』は本邦初演だったが、半月前に、アウシュヴィッツ（ポーランド）で初演されている。

2

『鎮魂』には、「アウシュヴィッツ・フクシマの能」という副題がつけられていて、あらすじは次の通りである。

東日本大震災の津波で息子と家を失い、原発事故で故郷を失った福島の男がア

ウシュヴィッツを訪ねる。そこに日本人の公式ガイドがいて、福島の男を案内してくれる。この二人の前に庭掃きの老人（前シテ）が現れ、大地をけずり骨を拾い、箱に納めてから二人に話しかける。

「ドイツ帝国への反逆罪を犯した政治犯として獄死したアチュウ青年が、拷問の末、アウシュヴィッツの数え切れぬ死者に先駆けて昇天した」と。この青年の父親が戦地から帰還したのは、青年が空《から》の棺のまま葬られて五年後のことだった。福島から来た男は「息子よ、お前はどこにいる」と叫び、庭掃きの老人は、「父よ」と言い残して消える。

「日本人がどうしてアウシュヴィッツの案内人をしているのか」という福島の男の問いに対して、日本人ガイドはこう答える。「この地は、歴史と真実の出合いの場なのです。広島の原爆ドームと同じく、世界遺産となっています。負の遺産なのです。二度と同じ過ちを繰り返さないための、『記憶の場』であり、戦争を知らない世代に、戦争の悲惨さを追体験させる場なのです」と。

やがて、在りし日のアチュウ青年（後シテ）が、ミルテの花の胸飾りをつけて現れ、「清めの涙よ、もっと流れよ」と、再生と昇天の舞をまい、世界を「緑の庭」と讃えながら天に昇って行く。

3

この夕べ、新作能に先立って、世阿弥作の『清経』が演じられた。

平重盛の三男清経は、平家一門の都落ちの果てに、己の前途をはかなんで、九州の豊前国柳ヶ浦（現北九州市門司区の沖合）で入水自殺を遂げる。都に残された清経の妻の恨みと、清経の入水に至る絶望とが語り合われ、互いの心が鎮められる。『清経』の上演は『鎮魂』を理解するための手引きのように思われた。

『清経』上演後休憩。その後『鎮魂』上演に先立って、ロドヴィッチさんと笠井賢一氏との対談があった。

作者は、「私の叔父は、アウシュヴィッツで獄死しました。二〇一一年三月の東日本大震災の惨状を駐日大使としてこの目でみて、この悲しみから救われるにはどうしたらよいかと考えました。大震災の翌年の一月、宮中の歌会始に招かれ、天皇・皇后〈現上皇・上皇后〉両陛下の詠まれた津波への鎮魂の和歌を聴きました。天皇陛下の御製《ぎょせい》『津波来し時の岸辺は如何なりしと見下ろす海は青く静まる』と、皇后陛下の御歌《みうた》『帰り来るを立ちて待てるに季《とき》のなく岸とふ文字を歳時記に見ず』を耳にしたとき、アウシュヴィッツとフクシマで非業の死を遂げた人々の無念の思いとその遺族の方々の哀しみをぬぐう方途《すべ》とが分かってきました。それは亡くなった人々を悲しむ心なのです。両陛下の和歌を聴いて、この作品がやっとまとまったのです」と語った。

4

かつて、この千駄ヶ谷の国立能楽堂で、石牟礼道子作『不知火《しらぬい》』という新作能を観たことがあった。このたびポーランド女性による創作能『鎮魂』を観て、私は自分が『不知火』を観た時に得た「了解」を更に深めることができたように思う。

「能」という文学形式〈演劇形式〉は、不条理〈非業〉の死を遂げた人間の「無念と恨み」を晴らす手段であり、また不条理（非情）な死によって愛する者を奪われた人間の「悲嘆と苦悩」を鎮める手立てともなっている、ということである。

私たちの人生は、非業の死（自然災害、戦争、交通事故等）に満ちている。そしてこの世に残された者は、愛する者亡きあとの人生を、悲嘆と苦悩の大海に放り出された状態で生きていかなければならない。その苦悩と悲嘆を救ってくれる一つの手段として、「死者との対話」がある。お能は、生者と死者が語り合う場、癒し合う場を構築しているのだ、と。

5

この夕べ、『鎮魂』開始の直前に、天皇・皇后両陛下が薄暗がりの客席へ滑るように入ってこられ、私たちの席の斜め後ろの貴賓席に着かれた。この作品のなかで、天皇の御製が一回、皇后の御歌が何度も、地謡によって能楽堂に響き渡った。

アウシュヴィッツの悲惨、フクシマの苦悩、それらを、なんとしても乗り越えたいという願いと祈りが、この夕べ国立能楽堂に集った者全員の心から、静かに湧き上がってくるのが感じられた。

（『富山県人』二〇一七年二月号）

三、現実と闘う宗教者
――高瀬千図『明恵――栂尾高山寺秘話』を読んで

『真茶』誌に「お茶の喜び」という短文を載せて頂いたのは一九九七（平成九）年五月のことでした。以来二十二年、今号は令和元年の初日発行になるのですね。この年月、本誌を発行し続けて来られた教職員茶道部の皆様に敬意を表さずにはいられません。

この間、森先生はじめ茶道部の皆様のお勧めに従って私は毎号小文を載せて頂いてまいりました。定年退職後満十年。もともと視野の狭い私がいよいよ小さな世界での見聞を書き綴って、若い方々には退屈に感じられるのではないかと危惧しております。が、それにも拘わらず、「原稿を」とお誘い頂くと、最近の読書体験などをご報告したくなってしまうのです。

二十年前から私はリウマチを患っておりましたが、定年後は痛みも減り、穏やかな日常を送っていました。ところが満八十歳になった昨年の暮れごろから両手の痛みが再燃し、最低限の家事と読書以外のことができなくなりました。そのおかげで、と言うのも変ですが、以前よりも読書の時間が増え、「古典、新刊書、話題の本」の三本立てで読み、学生時代に戻ったようです。

古典はダンテの『神曲』（平川訳完全版）通読を目指して、いま煉獄篇を読み終わり、天国篇に入るところです。「話題の本」は、『一切なりゆき』（樹木希林）、『最後の読書』（津野海太郎）、『百歳人生を生きるヒント』（五木寛之）など。

そして、この半年で最も心に残った新刊書は高瀬千図『明恵――栂尾高山寺秘話』上・下（弦書房）でした。

これまで私は、『明恵上人』（白洲正子）と『明恵　夢を生きる』（河合隼雄）という書物から、明恵上人という方は華厳宗の高僧で、生涯戒律を守り、夢を大切に生き抜かれた稀有な人格、と思い、凡夫（婦）には近寄りがたい自力道を歩まれた学僧として、尊崇の念を抱いておりました。そして、栂尾の高山寺をも訪ね、想像以上奥深い山中の、樹齢数百年という巨木の中のお寺の佇まいに打たれました。

ところが、このたび高瀬千図『明恵』上・下巻を読み、これまでの私の明恵上人像ががらりと変わるのを覚えました。その一つは、日々の「乞食行」の厳しさでした。その日の托鉢で受けた飯米だけで生きていく極度に空腹の日々。もう一つは、承久の乱の折に、時の六波羅探題の将、北条泰時と対峙して、戦いで傷ついた武士や婦女子たちを寺にかくまうことを強く主張し、泰時に深い宗教心を目覚めさせたという史実。これらを読み、学僧とのみ理解していた明恵上人が、時代の現実と切り結ぶ行動的な宗教者でもあった事を知りました。

マルティン・ルターにせよ、マザー・テレサにせよ、空海、親鸞、日蓮にせよ、偉大な宗教者は、民衆の苦しみや悲しみの傍らに立って、日々の現実と闘う人であったがゆえに今日もなおその教えが生きて働いているのだと思われますが、明恵もまた、現実と切り結び、現実と闘う宗教者のひとりであったことをこの本によって知らされました。これは私にとり、大変幸いなことでした。

（『真茶』第五六号　二〇一九年五月）

四、安曇野の清流——井口喜源治の生地を訪ねて

1

今年（二〇一九年）の秋も台風が次々と日本列島を襲い、十五号、十九号、更に二十一号も関東地方に大雨をもたらした。千葉県では二度も三度も豪雨と暴風の被害を受けた方々があり、テレビを視て胸がつぶれる思いがした。

埼玉県でも、川越市の特養老人ホームの一階部分が屋根だけ残して水没した。

が、日頃の訓練のおかげで入所者全員無事と知らされ、施設の職員と入所者の方々に尊敬の念を禁じ得なかった。

2

この十月二十日に、私の夫は信州の安曇野市で講演を依頼されていた。テーマは、この市出身の教育者、井口喜源治（一八七〇―一九三八）の教育思想に、無教会キリスト者内村鑑三（一八六一―一九三〇）の宗教思想が与えた影響と両者の交流についてというものだった。

井口喜源治は明治三年に安曇野市（当時東穂高村）に生まれ、高等小学校の教師になったが、公教育にあきたりず、内村の宗教思想に裏打ちされた「平民（庶民）」重視の教育理念にもとづいて、「研成義塾」という私立学校を一八九八（明治三一）年に創立した。当時の東穂高村禁酒会の中心人物、相馬愛蔵（新宿中村屋の創業者。相馬黒光の夫）等の支援を得て発足したこの私立学校から、ワシントン靴店の創業者や新聞記者の清沢洌など有為の人物が巣立った。

「宗派の如何を問わず」宗教心を根底とする喜源治の教育思想と教育実践を後世に伝えようと、「井口喜源治記念館」が一九六九（昭和四四）年に建設され、その開館五十周年記念行事の一つとして、夫の講演が予定されていたのである。

3

ところが、記念行事の日が近づくにつれて「会場に行けるだろうか」という問題が生じた。台風十九号の影響で、中央線に不通区間が生じ、特急「あずさ」が運休したためである。北陸新幹線も長野以遠は不通。結局、自由席のみ間引き運転中の北陸新幹線で長野まで行き、ついで篠ノ井線で「明科《あかしな》」まで。そこから車で記念館へということになり、私も杖代わりのカートを押しながら、同行することになった。

私たちは満員の自由席に乗り込み、持参した小さなパイプ椅子を通路に広げて腰をおろした。敗戦後の子供時代に体験したすし詰め列車を、短時間ながら七十余年ぶりに再体験することになった。

4

「明科」駅には、記念館の館長さんが出迎えてくださった。講演は翌日の予定だが、前日に井口喜源治ゆかりの場所を案内したいとのことでまず記念館へ。そこから、かつて「研成義塾」が建っていた跡地へと館長さんが車を走らせてくださったが、折あしくその時刻に雨が激しくなり、フロントガラスも後部の窓も真っ白。とても車外に出られる状況ではなかった。

最後に「安曇野は、常念岳や槍ヶ岳、燕岳の伏流水が集まって地下水となって湧き出て来る盆地なんです。それで、わさびが栽培されてるんです」とのことで、「大王わさび農場」へつれていかれた。

折よく雨が小降りになったので、私たちは車を降りて、案内されるままに、蓼川《たでがわ》と万水川《よろずいがわ》の合流点のほとりに立った。

手前が蓼川、向こうが万水川。蓼川の水のなんと澄んでいたこと――。水草の緑色のうつくしかったこと――。万水川の畔に二抱えもあろうかと思われる柳の大木が小雨に濡れていた。この万水川のほとりで、喜源治は子供たちと一緒に歌ったり、授業もしたという。

豪雨で心配や困難の多かったこのたびの安曇野行きだったが、この二つの清流と柳の木を見た瞬間の歓びは忘れがたい。

（『真茶』第五七号　二〇二〇年三月）

五、忘れられない言葉――矢内原忠雄先生の思い出

一九五八年の秋、私は初めて今井館を訪ねました。当時今井館では、矢内原忠雄先生が日曜集会を開いておられました。その頃私が在寮していた大学女子寮の管理人でいらした藤井偕子さん（矢内原恵子夫人の姪にあたられる方）が、私を今井

館の聖書集会に誘ってくださったのです。当時の矢内原先生の集会は聴講者が多く、藤井さんも私も玄関にたって聴講しました。

一九六〇年、御殿場の東山荘での夏期講習会で「ロマ書」の講義を伺ったのが、矢内原先生から本当にお教えを受けた時といえます。

六〇年安保闘争の嵐に翻弄されて、激しく悩んだ直後のことでした。翌一九六一年六月に矢内原先生は、目黒区駒場の東大教養学部の九大教室で、「人生の選択」という講演をしてくださいました。「私たちは自分の進路を自分で選択したつもりでいるが、実は神様からその道へと選ばれているのです」というお話で、深い感銘を受けました。

その日、私は駒場キャンパスの柏蔭舎聖書研究会でご指導を受けていた西村秀夫先生のご依頼で、九大教室の講壇脇の楽屋で、矢内原先生のお話を筆記していました。講演を終えられた先生は、私が鉛筆を走らせていた楽屋に戻ってこられて、「ご苦労様。筆記してくださったのね。有難う」とねぎらってくださいました。

その半年後、矢内原先生は帰天なさいました。あれから五十九年たちます。大学紛争、神戸大震災、東日本大震災、原発事故、そして私たちは今コロナ禍の真っただ中にいます。

一九五七年の東大の入学式で矢内原先生は「ここで学ぶ諸君は、社会に貢献する責任があります」と訓示されましたが、この厳しい総長告辞と共に、あの笑顔とねぎらいのお言葉は、今も忘れられません。

矢内原先生のお言葉を想起するたびに、不安と悲しみの多い現代にあって、これまでの神様のお守りへの感謝と共に、「自分は今、ほんの少しでも社会に役立つことをしているだろうか」と自問せずにはいられません。

（『今井館ニュース』第四八号　二〇二〇年一一月三〇日発行）

Ⅳ

畏れを抱きつつ生きる

――野村実先生の「問い」を想起しつつ

本日は「シュバイツァー日本友の会」夏の集いにお招きくださり洵に有難う存じます。

一、疎開と敗戦（一九四四―一九五二年）

私は一九三八年に京都府舞鶴市で生まれ、五歳半まで東京で育ちました。一九四一年十二月八日に太平洋戦争が勃発し、一九四三年六月に父はブーゲンビル島に軍医として赴任しました。母は一九四四年の春、八歳から生後四か月までの子供五人をつれて栃木県今市町（現日光市）に疎開しました。総合病院の院長だった伯父を頼って縁故疎開したのです。一九四五年四月に私は今市国民学校に入学しましたが、防空壕に入ったり出たりしていました。七月に今市の隣の宇都宮市への空襲が始まり、真夜中、住まいの二階から見た真紅に燃える夜空は、いまでも忘れられません。この夜、私は初めて死の恐怖を覚えました。

宇都宮大空襲の一か月後、敗戦。仮住まいのわが家のラジオの前に並んだ近所の方々と共に、母と私も玉音放送を聴きました。雑音の中から甲高い声が聞こえると、町会長さんが直立不動の姿勢で泣き出しました。その大きな泣き声は私の耳にまだ残っています。

敗戦の翌年父は復員しましたが、帰還後数年間はマラリヤの高熱で生死の境を何度もさまよいました。父の復員の二年後に伯父が心筋梗塞で急逝し、父が暫定的に病院長となったため、私たち家族は思いがけずこの疎開地に八年間暮らすことになりました。従姉夫婦が医学博士号を取得して戻った時、父は故郷の富山県高岡市で医院を開業する決意を固め、私たちは東京へは戻らず北陸へ移住しました。

敗戦前後の食糧難は私以上によくご存知と思いますが、戦中は勿論戦後も数年間、野菜や芋の混ざったおじや、蒸して干したサツマイモばかり食べていました。卵の殻を砕いて飲まされた時の、砂利を飲むような味は今でも忘れられません。暖房用の薪炭が手に入らず、霜焼が崩れて、包帯をして通学しました。

このように敗戦前後の疎開生活は物質的には厳しいものでしたが、疎開地での八年間は私にとって宝のような日々でした。

まず五歳から十三歳までの子供時代を大自然の中で過ごせたことです。男体山、大谷《だいや》川、杉並木――。清らかな大自然に囲まれる安心感を私は存分に味わいました。二つ目は一九四七年五月に新憲法が施行され、「日本はもう絶対に戦争をしない、男女平等の社会を作ることになりました」と校長先生からお話があったことです、絶対非戦と男女平等の社会を築くという大きな目標が八歳の私に与えられました。三つ目は小学五年の時に聖書を知ったことです。級友に誘われて今市教会の日曜学校で聖書の言葉を教えられ、「汝の仇を愛せよ」（マタイ五章四四節）、「愛は寛容にして慈悲あり」（コリント前書十三章五節）という聖書の言葉の真実さを実感しました。一九五二年春に高岡市へ移住した時私は中学二年でしたが、高校を卒業するまで聖書を一人で読み続けました。

二、死の恐怖（一九五二―一九五七年）

さきほど宇都宮の大空襲の夜に、生まれて初めて死の恐怖を感じたとお話ししましたが、死の恐怖はその後もたびたび私を襲いました。高校一年の秋のある夜、激しい死の恐怖に襲われて、なにかに縋りつきたい思いで家の中を見回していますと、高校三年の次兄の机の上に一冊の本が開かれたまたま置いてあって、次の箇所が目に飛び込んできました。

私の一生の短い期間が、その前と後につづく永遠のうちに没し去り、私の占めている小さい空間、私の見ているこの小さい空間が私を知りもせずまた私の知りもしない無限の空間のうちに沈んでいるのを考えるとき、私は自分がここにいてかしこにいないということに恐れと驚きとを感じる。だれの命令、だれの指図によって、この時この所が私に当てがわれたのか？

「本当にそうだ。私が恐怖を感じるのはこの無限の空間なのだ。私が生まれる前、そして死んだ後にもこの無限の空間が続くことが恐ろしいのだ」と、膝を打つ思いがしました。その本はパスカルの『パンセ』（松浪信三郎訳）でした。「私が恐ろしいと思っていることを恐ろしいと言っている人がここにいる。私と同じ不安を抱いている人がここにいる」と、私は嬉しさで胸が震えました。

その後波多野精一『時と永遠』や内村鑑三『ロマ書の研究』によって、「死と生は別物ではない」ことを知り、死への恐怖は「自分はどう生きればいいのか」という問いへと方向転換させられました。

三、聖書は「体読」するもの（一九五七―一九六一年）

一九五七年春に私は大学に入学し、その一年後にキャンパス内の聖書研究会に参加しはじめました。これは教養学部の厚生課長の西村秀夫先生と物理学の鈴木皇《ただす》先生、そしてドイツ語の杉山好《よしむ》先生という三人の先生方が交代で講義を担当され、十名前後の学生と職員が質問や感話をするというゼミ形式の聖書研究会でした。この三人の先生方は、いずれも内村鑑三の弟子の方々から教えを受けた「無教会キリスト者」でした。

この聖書研究会で学んだことは、聖書の読み方でした。「聖書は、納得のいった箇所を心に刻んで日々の生活を送り、日々の生活の中でその聖句の真実さを実感することが大切である。もし一つの言葉が実感されたら、また別の箇所を学び、その聖句を胸に抱きつつ生きていく。日常生活の中で、自己の人間的な過ちや社会の不公正と闘いながら、その聖句の真実さを学ぶことを重ねるうちに、イエス・キリストによる罪の赦し、復活、再臨など、現代の科学とは一見相容れないような内容も徐々に信じられるようになる」。このような聖書の読み方、このような信仰のあり方を、西洋経済史学者の大塚久雄氏は「体読」と名付けておられます。「聖書は体読すべきものである」と。

四、野村実先生との出会い（一九五八年）

一九五八年の夏、聖書研究会のメンバーは西村秀夫先生に連れられて白十字会村山療養園を訪ねました。四年前に、アフリカの地にシュバイツァー博士を訪ね、約五か月間診療活動を支援して帰国された野村実先生の体験談をお伺いするためでした。野村先生は内村鑑三から直接聖書を学ばれた方でした。

その日戸外のベンチで私たちが待っていると、白衣姿の野村先生が急ぎ足で近づいてこられ、数分間小さな声で話されたあと、「なにか訊ねたい事でもあればお答えしますが」と憂いを含んだ眼差しで私たちを見回されました。詳しい体験談を伺うものと思っていた私は一瞬あっけにとられたのですが、野村先生の沈んだ眼差しから、次のようなメッセージを受け取りました。「実際にその土地へ行き、言葉も通じず文化も異なる現地の病人を診察し治療するという仕事を自分で体験しない限り、他人の経験談を聞いても余り役に立たないのではないでしょうか」。先生はそうおっしゃりたかったのではないか、と思ったのです。

野村先生が一九五四年に書かれた「シュワイツァー博士と共に」という文章を読みますと、船で横浜からマルセイユへ、さらにボルドーから南下してオゴウェ川の河口まで、そこから小さな蒸気船でランバレネに到着するまでに、寄り道をせずに行くとしても六十日かかるそうです。到着までに六十日もかかる地域へシュ博士を支援し博士の生活と思想を学ぶために渡航し、五か月も生活と診療を共になさった野村先生を英雄視するだけではいけない。高名な宗教学者、オルガン奏者であったシュ博士が医師として熱帯の地で働かれたことに対して、人類に奉仕した英雄として崇めたてまつるだけではいけないのだと、あの日野村先生は無言のうちに私たち学生を戒められたのだと思います。自分がこの世でなすべきことは、他人の行為に憧れの眼差しを向けるだけでは発見できない。自分の日々の生活を真剣に営む過程で、自分の周囲の人々の、また日本の、さらには地球全体の重荷の、ほんの一部でも担うことを通じて、自分の使命が明確になっていくのだと、私は先生の沈鬱な眼差しから教えられました。

五、恐れから畏れへ（一九五八―二〇一七年）

一九五八年に村山療養園をお訪ねしてから、はや六十年の歳月が経とうとしています。この年月私は何を体験し、学んだのでしょうか。

六〇年安保闘争、病気療養、回復後結婚、西ドイツ留学、帰国後義母と同居、長女誕生、語学教員として私大に就職、お年寄りの介護、定年退職、東日本大震災、原発事故――。これらの出来事のなかで、忘れられない日付が二つあります。一九六〇年六月十五日と二〇一一年三月十一日です。一つ目は六〇年安保闘争中、国会前のデモで同期の樺美智子さんが亡くなられた日です。二つ目は東日本大震災が発生した日です。樺さんの死の衝撃は、今も私を揺さぶり続けています。あの頃、安保問題にどう関わるかを巡って聖書研究会で話し合い学んだ最大のことは、「然れど終《おはり》まで耐へしのぶ者は救はるべし」（マタイ二十四章十三節）と、「なんぢら立《たち》かへりて静《しづか》にせば救《すくひ》をえ平穏《おだやか》にして依頼《よりたの》まば力をうべしと」（イザヤ書三十章十五節）という聖句でした。この二つの言葉は、今日までずっと、歩むべき道を私に指し示してくれました。

病気や留学の時期を経て、ドイツ語担当教員として私大に就職し、三十七年勤務（途中二年間は非常勤）した後定年退職しましたが、この間、さまざまな局面でこの二つの聖句に支えられました。とりわけ義母、義兄、義伯父伯母、私の父母の合計六名の介護や見舞いが続いた時期には、この二つの聖句を胸の中で反芻せずにはいられませんでした。

大学の聖書研究会で聖書の読み方を教えられてから、これまで体験した大きなことの一つは、高校時代に私を最も苦しめた「死の恐怖」から解放されたことでした。義母を看取り、義伯父伯母の見舞いを続け、私自身の父母を（まだ北陸新幹線が開通していなかった頃に）富山県まで毎月見舞いに通うという具体的な行動を通じて、「死への恐怖」から徐々に解放されたのです。与えられたこの世の道程を歩みぬき、果たすべき責任を果たし終えて安らかにこの世を去って行く人々の姿を目のあたりにして、死は恐ろしいものではないと知りました。

と同時にこの六十年間に、この世は畏敬すべきものに満ちていることを知りました。神への畏れ、大自然への畏れ、そして嬰児から幼児、学生、そしてお年よりに至るまでの、さまざまな年齢の人間の生命への畏れです。大自然の壮麗さ、神秘さや、幼子や若者の柔らかな心と初々しい感受性には感動を禁じ得ません。

後期高齢者と呼ばれる年齢に達した現在、毎年時期をたがわずに咲く椿、梅、木槿等を見て、その歩みの確実さに驚嘆させせられます。

しかし、この美しい自然と柔らかな子供たちが、いま目の前で傷つけられています。私たちの住む地球では、温暖化によって気象が変動し、未曾有の豪雨による山崩れが毎年起こっています。またご承知のように地震と津波による原子力発電所の事故が起こり、汚染水の処理や、汚染ごみの処分地を求めて私たち日本人は今苦闘しています。これら山崩れや原発事故は、もとはと言えば人間の際限のないエネルギー消費の結果として起こった現象です。たしかに私は、個人的には死の恐怖から徐々に解放されつつありますが、地球の一市民としては、地球温暖化、原発事故、そして最近緊張を増している核兵器の製造競争と実験競争、これらの行く末にたいする恐怖は以前よりも増大しています。私はいま、「恐怖」と「畏敬」の両方の念を抱きながら日を送っています。そして「恐怖」のない世界を作りたい。その第一歩は質素に生きることではないかと思っています。

六、おわりに――野村先生の「問い」とは

かつて大学内で聖書の読み方を教えて頂いた西村秀夫先生は、一九八四年から世田谷区の社会福祉施設の長となられ、施設の近くで「聖書を学ぶ会」を開かれました。私がその会に出席しますと、野村実先生も出席しておられました。晩年の野村先生は感話のたびごとに、「自分は今重要な問いの前に立たされています」と厳粛な声でおっしゃっておられました。あの頃から二十年たった今、私に

も野村先生の「重大な問い」の内容がおぼろげながら分かってきたような気がします。それは「この世を去る日が近づいている。その日をどのように迎えたらいいのか」という問いであるように思われます。これを言い換えれば、「この世における残り少ない日々をいかに生きるべきか」という問いであるといってもいいでしょう。この「問い」が近年私自身の胸に、しばしば去来するようになりました。

この「問い」に対して、私は以下の三つの答えを日々小声でつぶやいています。答えの第一は、日々の重荷を負って歩む過程で、死への恐怖から徐々に解放されてきた、という事実です。答えの第二は、この大自然と人間の生命を破壊する恐れのあるもの、地球上のCO2が削減され、核兵器と原子力発電所が廃棄されるように、祈り、行動したい。そのためには、エネルギーを無駄遣いしないように、質素な暮らしを営んでいきましょうという決心です。最後の答えは、神の御業である大自然と人間や動植物のいのちに対して深い畏敬の念を抱きながら、一日一日を感謝と喜びに満ちて生きていきましょうというものです。第一の答えは、体験に基づく「事実」です。第二の答えは、これからの日々を律する実践目標と言えます。そして最後の「畏れる心、畏敬の念」は、日々目のあたりにする現実への歓びに満ちた実感です。

おわりに『野村実著作集（上）』（一九九四年刊）の中で、最も私の心に残った文章を引用して、この拙いお話を閉じることにいたします。

それ（＝生命への畏敬）は論理ではなく謙虚と実践である。自他はいうに及ばずすべての国境をもとりさり、あらゆる生命、最も弱い者、小さい者、顧みられない者を大切にすることである。自然を愛し、生きる者を大事にし、苦しむ者とその荷をともに負おうとすることである。それは人間だれにでもできることである。シュワイツァーはそういう人間であった。

（野村実「シュワイツァーと平和」［一九七六年］、三五四―三五五頁）

お暑い中、拙い話をお聴きくださいまして、洵に有難うぞんじました。これで私の話は終わりといたします。

（『ランバレネ』No. 222　二〇一七年九月）

初出掲載誌名・発行者名一覧

『真茶』＝東洋大学教職員茶道部

『富山県人』＝（株）富山県人社（社長　高島一誠）

『季刊無教会』＝『季刊　無教会』（編集責任者　坂内宗男）

『今井館ニュース』＝特定非営利活動法人　今井館教友会

『ランバレネ』＝一般社団法人　シュバイツァー日本友の会

あとがき

本書は二〇一四年から二〇二二年までの八年間に、いくつかの団体からのご依頼を受けて執筆した短文と講演の要旨をまとめたものです（「冬の星座」のみ二〇〇五年執筆）。掲載誌の性格から、「です・ます調」と「である調」の文章が混在していますが、初出のままにいたしました。

この八年間の大きな出来事は二〇一九年の暮れに発生したCOVID-19（コロナ禍）と、二〇二二年の二月に開始されたロシアのウクライナ侵攻です。地球規模の伝染病と、一つの大国による世界の穀倉ともいうべき国への武力行使――この二大事件は二〇二二年十二月現在、いまだに終息していません。

アジア・太平洋戦争の敗戦四か月前に私は疎開先の栃木県北部の町の国民学校に入学し、その年の八月に終戦を迎えました。その二年後の一九四七年五月三日から実施された新憲法（現日本国憲法）の「戦争放棄、恒久平和」と「男女同権」という二大理念をよりどころとして、今日まで生きてきた私にとり、この度の「侵攻」はどうしても許すことのできない事態です。またあと一か月で満三年を迎えようとしている「コロナ禍」も、人類の科学技術とコロナウイルスとの熾烈な闘いで、この闘争になんとしても打ち勝つ必要があります。この二大事件を終わらせるためには、ただ単に医薬などの科学的技術の向上に努めるだけではなく、地球上に生きている人間同士の深い理解と共感に基づく協力、相互扶助がどうしても必要だと思われます。「天には神の栄光、地には平和あれ」という祈念の言葉が、いまほど切実にこころから湧き出てきたことはありません。

これまで、私は、『共生を希い求めて』（キリスト教図書出版社、一九九六年）、『魂の平安を求めて』（日本キリスト教団出版局、二〇〇九年）、『願いを持ち続ける』（日本キリスト教団出版局、二〇一六年）という三冊の小さな随想集を出版いたしました。本書は、この三冊に続く四冊目の随想集となります。それで、この度のものは

「随想集（四）」といたしました。

この四冊の「随想集」に共通するものは「出会い」といってよいかと思います。子供の頃聖書の御言葉を指し示してくださった栃木県今市町（現日光市）の今市教会の吉村房次郎牧師先生、岡部（旧姓阿部）ルツ子さん。中学二年生の私に、農家の主婦として、優しく厳しい生き方を示してくださった、高岡市早川地区の女性、また大学生になったばかりの私に聖書の読み方を教えてくださった西村秀夫先生、その先生の恩師でいらっしゃる矢内原忠雄先生。東大白金女子寮の管理人として、自立した女性の生き方を目のあたりに示してくださった藤井偕子様、シュバイツァー博士の医療奉仕をお手伝いし、博士の「生命への畏敬」の思想を日本に伝えてくださった野村実先生。お名前を挙げればきりがありません。これらの方々に導かれて、私は八十代の半ばまで生きてまいりました。

これまで同様、私に「書く機会」をたびたび与えてくださいました、東洋大学教職員茶道部の皆様、富山県人社の高島一誠様、高島誠様、高島美奈子様に、心から御礼申しあげます。なお、本書の表紙絵は夫の三浦永光が描いてくれました。

おわりに、コロナ禍のもと、厳しい状況のなかで、私の小さな書物の出版に、お力を貸してくださいました、日本キリスト教団出版局の皆様、とりわけ飯光様、土肥研一様、秦一紀様、そして田鎖夕衣子様のご尽力に心から感謝いたします。

二〇二二年待降節に　平和で健康な世界が訪れますよう祈りつつ

三浦安子

三浦安子《みうらやすこ》（旧姓　熊谷）

1938年　京都府舞鶴市に生まれ、東京で育つ。
1944年　栃木県今市町（現日光市）に疎開。
1951年　栃木県上都賀郡今市町立今市小学校卒業。
1954年　富山県高岡市立高岡西部中学校卒業。
1957年　富山県立高岡高等学校卒業。
1961年　東京大学教養学部教養学科・ドイツ分科卒菜。
1965年–67年　ハンブルク大学に留学。
1972年　東京大学大学院比較文学比較文化博士課程満期退学。
1972年–2009年　東洋大学に勤める（ドイツ語・比較文学担当）。
現　在　東洋大学名誉教授

主要著書

『共生を希い求めて』（キリスト教図書出版社）
『エルンスト・シュタードラーの抒情詩』（同学社）
『詩を楽しむ』（同学社）（共編著）
『随想集 魂の平安を求めて』（日本キリスト教団出版局）
『私の今市――自然の中で』（日本キリスト教団出版局）
『聖句を道しるべとして』（日本キリスト教団出版局）
『ことばの力――私の書写ノートより』（日本キリスト教団出版局）
『日々生きて働く信仰――二つの講演』（日本キリスト教団出版局）
『随想集 願いを持ち続ける』（日本キリスト教団出版局）

主要訳書

トゥルニエ『人生の四季』（日本キリスト教団出版局）
ボヴェー『家庭生活の歓び』（ヨルダン社）
ツィンク『祈りを求めて』『祈る喜び』（ヨルダン社）
『ATD 旧約聖書註解17 イザヤ書1-12章』（ATD・NTD聖書註解刊行会）（共訳）
『ヘルマン・ヘッセ全集 第7巻』（「ゲルトルート」担当）（臨川書店）

随想集（四）　稲田をわたる風

2023年3月5日　初版発行

著　者　三　浦　安　子

発行所　日本キリスト教団出版局

〒169-0051　東京都新宿区西早稲田2丁目3の18
電話・営業 03（3204）0422，編集 03（3204）0424
https://bp-uccj.jp/
印刷・製本　三秀舎

ISBN978-4-8184-5560-3　C0095　日キ版
Printed in Japan